機嫌のいい犬

川上弘美

JN178066

集英社文庫

機嫌のいい犬　目次

機嫌のいい犬

1994年

夜店にて彗星の尾を見つけたり
はつきりしない人ね茄子投げるわよ

くるくるととんぼ打つ子やアマリリス

この夏でバカヤロ日記三年目

秋彼岸《あきひがん》叔父のみやげは水《みづ》ガラス

露寒《つゆさむ》や穴にはきつと龍がゐる

あめみたよなこゑのをんなだつたよな
情念のうすくうすく氷よ張れ

名づけても走り去りたるむじなかな

捨てかねし片手袋のありにけり

1995年

芝焼くや青キ憂ヒの昇天す

その人の動物に似て春の宵《よひ》

会ふときは柔らかき服鳥《とり》曇《ぐもり》

春闌《た》けてハモニカ鳴らし飽きにけり

C難度宙返りせる春のたましひ
海にゐる古船長のやうなもの

ぼうたんの静かに閉ぢて夜来たる
白シャツになりすもも食ふすもも食ふ

常よりも右に臍《へそ》ある油照《あぶらでり》
赤蟻に好かれしぶしぶ這《は》はせたる

ダーリアは嫌ひと家を恋しがる
鎌倉の銘菓を提げて水見舞《みづみまひ》

サイダーの泡より淡き疲れかな

十六夜《いざよひ》や川底の人浮かびくる

オーロラや雨後《うご》の街には鮫《さめ》匂ふ

泣いてると鼬《いたち》の王が来るからね

ペーチカや夜の森には夜の歌

寒燈《かんとう》やおがくづに海老ゐて静か

1996年

初夢に小さき人を踏んでしまふ

枯芙蓉《かれふよう》牛乳瓶に底のある

ワルツ鳴り晩春の水沸《ふっ》騰《とう》す
すかんぽや女のこゑと鳥の声

母方《ははかた》の血濃しゆらゆら草競馬

性愛の深き眠りや羽蟻とぶ

恋ふ人を忘れるつもり夜《よる》濯《すす》ぐ
夜《よ》濯《すすぎ》やときどき消える蛍光灯

夏雲や蠟《らふ》石《せき》をもて描《か》く聖母

めまとひのついて来《こ》ざるをさびしがる

あなたきらひですひよ鳴いてをります
秋の日にあたためられてあしのうら

くちづけの前どんぐりを拾ひましよ
群《むれ》蝶《てふ》の水吸ふてをり野《の》分《わき》あと

千代紙の箱蜻《とん》蛉《ぼう》をしまひけり

すれちがふ人に海の香望《もち》の月《つき》

ともだちの見舞ひ帰りに刈る薄《すすき》
いなづまや水槽の魚《うを》しづみがち

冬林檎大きく齧《かじ》る会ひたしよ
少しだけ飛ぶにはとりやゐのこづち

小春日《こはるび》の文庫本読むサンタかな

片耳にピアス八個や神の旅

別るゝと言ひて空見る帰り花

恋愛の如《ごと》く吾《わ》が子と抱《いだ》きあふ

1997年

接吻や冬満月の大《おほ》きこと

大《だい》寒《かん》の氷は海にかへりたし

屋上に少年歌ふ深雪晴《みゆきばれ》

残雪に椿《つばき》少女の踏みにじる

ちるさくらあつめてはなつ夜の丘
ばかと言ふをだまきの花くづしつつ

目覚むれば人の家なりチューリップ

糸鋸《いとのこ》の刃《は》のよくたわむ春の暮

てながざるほしくてをどるちるさくら
いたみやすきものよ春の目玉とは

深海にうみへび生《あ》るるおぼろかな

猫死してひらたくありぬ紫《し》木《もく》蓮《れん》

運河ゆく舟に花嫁柳絮《りゅうじょ》とぶ

てのひらにのせるうみたてたまご初夏

五月雨《さみだれ》やゆがみてあをきラムネ玉
ゆふがたのゆめ無きねむり柿熟《う》るる

1999年

目を入れて達磨《だるま》淋しき日永《ひなが》かな

小《ち》さき虫あまた浮かべて春の水

おたまじやくし諸手《もろて》に掬《すく》ふこぼれ落つ

音高く庖丁つかふ立夏かな

うねりやまず鰻に錐《きり》を突きたれど
人魚恋し夜の雷《いかづち》聞きをれば

めうが野に出《い》でてめうがを摘《つ》むばかり
不機嫌やプールの水の満満と

ぎっしりと荷台に豚や夏の月

恋文をみせあふ少女百日紅《さるすべり》

黒髪ヲ売リマスとあり路地の秋

秋の夜《よ》や古家《ふるや》の屋根に猫うじやうじや

秋晴や先生に酒おごるゝ

少年の船の絵微《み》細《さい》小鳥くる

流星を待ちてをるなり草の上

何の骨ぞ浜辺にひらふ秋の暮

家ぢゆうの鏡みがける小春かな

口わろき鸚鵡《あうむ》を愛す寒さかな

聖夜なりミナミトリシマ風力10
接吻は突然がよし枇杷の花

2000年

布かけて文鳥の籠《かご》冬深む

楽しさは湯豆腐に浮く豆腐くず

ぎやうさんの蝶にたかられ重し重し

口笛をくちぶえ追へる新樹《しんじゅ》かな

遠花火《とほはなび》運河に海の匂ひけり

髪濃くて女疲るるカンナかな

蛸《たこ》壺《つぼ》あまたなべてに蛸の這ひ入《い》りて
ハンガーに干されて蛸や雲低き

夕立に少年濡れて匂ふなり

朝顔の鉢さげ友の来たりけり

秋風や男と歩く錦糸町

冷《ひや》やかに天文台の屋根ひらく

2001年

少年の手淫にねむる小雪かな

室《むろ》咲《ざき》や春画のをんなうれしさう

草分《わ》けておとうと探す春の暮

権《ごん》妻《さい》を三人連れや花の昼

ふらここの野に朽ちゐたり火を放つ

花冷《はなびえ》や義眼はづしし眼《め》のくぼみ

春の夜《よ》の少しのびたるもやしの根

春塵《しゅんぢん》や宝くじ小屋旗鳴《はたな》りす

鯉の唇《くち》のびて虫吸ふ日永かな

行《ゆく》春《はる》やまんぢゆう呉《く》れて知らぬ人

花曇《はなぐもり》伏せ籠にゐて軍鶏《しやも》しづか

軍鶏の心臓《ハツ》二ツ割《わり》なり花の昼

夕桜《ゆふざくら》ホテルのバーに人待てる

晩春や連絡船の客みな寝《ね》

湯屋《ゆや》の富士描《か》きなほされて夏に入《い》る

人なりにズボン脱がれし良夜《りやうや》かな

2002年

松《まつ》過《すぎ》の座敷に座敷犬五匹
紙うすく水に溶けたる寒さかな

ポケットに去年《こぞ》の半券冬の雲

膝たてて膝の匂ひや冬深む

春灯《はるともし》鳥屋のあうむ動かざる
目ひらきて人形しづむ春の湖《うみ》

春の夜人体模型歩きさう

犬去りぬ浜昼顔に尿《ゆばり》して

久世光彦さん

ソーダ水女の機嫌そこなつちまふ

時計屋に昭和の時計秋深む

舐《な》めてとる目の中の塵《ちり》近松《ちかまつ》忌《き》

きみみかんむいてくれしよすぢまでも

2003年

爪切って耳さうぢして六日《むいか》けふ

お飾《かざり》の海老が怖しよ日本晴

たくさんの犬埋めて山眠《やまねむ》るなり

風邪つのるつぎつぎ生《あ》れて記紀《きき》の神

玉電《たまでん》はあぶらのにほひ鳥雲《とりくも》に

エロ雑誌捨てあり春の雨のなか

草踏んで会ひにゆくなり日の盛り

夏の雨Tシャツの狎《な》れたるを捨《す》つ

みどりごの濡れて生《あ》るるや夏の雲

夏痩せて昇《しよう》降《かう》機《き》急降下中

行秋《ゆくあき》のうすく反《そ》りたるオブラート
電熱器シミリと鳴れる霜夜《しもよ》かな

2004年

注連《しめ》張りて農学部棟灯《とも》りをり
骨軽くわれあり春の闇のなか

散髪のあとのさみしさ鳥雲に
片恋《かたこひ》や目刺《めざし》の鰓《えら》のひらきやう

髪切つてチェリオを飲んで遅日《ちじつ》なる

貨車二十二輛《りやう》連結水《みづ》の春《はる》

湯を沸かす間《ま》のものおもひ鉄《てつ》線《せん》花《くわ》

野球少年球《たま》離さずよ昼寝の中《うち》も

合鍵のやや薄っぺら草ひばり

冬帽子猿《さる》にとられてしまひけり

人形を焚火《たきび》にはふるちぢれをる

ちんどん屋枯野ゆくなり音高く

2005年

車座にまじり犬の子枇杷の花

名画座へゆく落第のおとうとと

エヴァンゲリヲン
卯《う》の花腐《はなくた》し少年父を憎みえず
如何様師《いかさまし》くたぶれしやがむ夏野《なつの》かな

ざりがにを赤之介《あかのすけ》とぞ加賀の子は

竹藪より蟬飛《と》び出《い》で来《く》すぐ戻る

暴走族旗《き》垂《た》れて幾十夏の浜

秋風や惣《そう》菜《ざい》買へる警備員

2006年

しぐれをり一《ひと》幕《まく》を見て出《い》でくれば
針山の針とりどりに凍《い》てゝをり

春《はる》隣《となり》荷札の上に荷札貼る

比例代表次点の仁《じん》や懐手《ふところで》

永き日のサーカスの熊くたぶれぬ

マーブルチョコ舐めて色とる日永かな

はるうれひ乳房はすこしお湯に浮く
緊急連絡網わたしが最後春の月

春日《しゅんじつ》やアパートぢゅうの赤子《あかご》泣く

出口より入《い》りてまた出る春の暮

馬糞《まぐそ》金亀子《こがね》たちまち糞《まり》に入りにけり
ごきぶり憎し噴きつけても噴きつけても

卯の花や二階建なる百貨店

谷底にはふりしものや夏《なつ》の果《はて》

秋高し馬券売場にだし匂ふ
札束をむきだし持ちぞアロハシャツ

鉄板に投げつけたるよ蛸の足

気圧の谷通過中なる秋の蠅

秋晴や山川草木《さんせんさうもく》皆無慈悲《むじひ》

東京は穴多き街鳥渡《とりわた》る

2007年

冷《すさ》まじや銀河系星《ほし》二千億

地球米《こめ》粒《つぶ》冥王星砂《すな》粒《つぶ》冬深し

決然と洟《はな》かみにけり九《く》十《じふ》翁《をう》

凍《いて》空《ぞら》や鳥類園に孔雀鳴く

粛々と電波渡るや枯野の上《へ》

小春日の箒《はうき》の穂先成長す

伯父七回忌朧《おぼろ》を帰り来たりけり

もの食うて機嫌なほりぬ春の雲

つつじ咲くパンツとパジャマ専門店

青ぬたや婚《こん》家《か》の味は廃《すた》れさす

叩《たた》き割る死者の茶碗や夏の空
闘ひにゆく香水をつけ替へて

祖母シャネル母プワゾンや老いゆける

義理欠いてわれ青蠅を打ちにけり

まんじゅしゃげ褪《あ》せゆくときもいつせいに
五歳児の大《たい》言《げん》壮《さう》語《ご》着ぶくれて

2008年

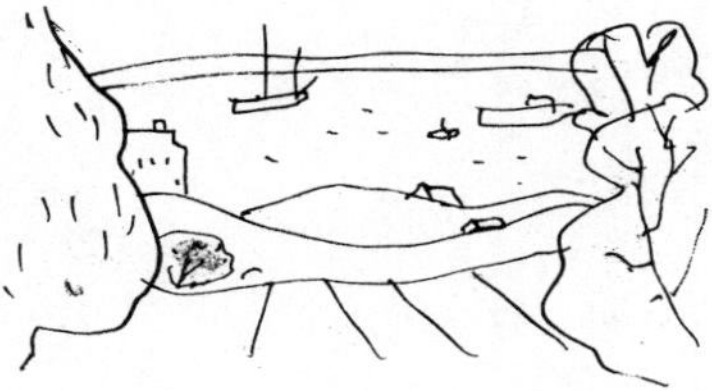

十四ポ岩《いは》田《た》明《みん》朝《てう》冴《さえ》返《かへ》る

コムデギャルソン着て文《ぶん》選《せん》工《こう》冬ざるる

春光《しゆんくわう》や人死ぬるとき潮《しほ》満ちぬ

大阪三句

春昼《しゆんちう》の小路や義太夫さらふ声

大人の玩具屋貞操帯も春めける
うどん屋にやくざと情婦花の昼

花冷や海に向へる墓二列

おほやどかりさざえの中身ぐいと引く

亀浮いてまた沈みゆく夏のくれ

行水《ぎやうずい》の兄も弟も虎刈り

夏の夜オカリナ吹いてこはくなる
川岸に便器野ざらし草の花

・

森《しん》閑《かん》とプールの底の消毒剤
秋のみこし小雨の中をどこまでも

秋の夜水《みづ》差《さし》の水すきとほる
終点より歩いて十歩冬の海

2009年

春日の循環バスを降りられず
みながふ靴のへりぐせつちふれる

徹頭徹尾機嫌のいい犬さくらさう

吉田直哉さん

しのぶ会行かでしのばむ春の雪

息子よりひじきの煮かた教へよと
となりをる人ととんぼを見てゐたる

青空床屋花野《はなの》を髪のとびゆける

仙花紙《せんくわし》の聖書に花押鳥《くわあふ》渡る

俳句を、つくってみませんか。

俳句を、つくってみませんか。

そう誘われた時のことを、今もたびたび思い出します。

それは、今から十七年前のことでした。「パスカル短篇文学新人賞」という、インターネットで募集する文学賞に応募し、どきどきしながらその結果を待っていたころのことです。

「パスカル」は不思議な文学賞で、応募した短篇は、すべてネット上で公開され、応募していない人もした人も、誰もが全作品を読むことができる、というしくみになっていました。一篇の長さの上限は、原稿用紙二十枚。二百人ぶんほどの応募作品を、ほぼ三日で読み通した記憶があります。

（この中で、いったい誰が受賞するんだろう）

そう思い悩んでいたのは、もちろんわたしだけではありませんでした。応募者全員が、同じように感じていたはずです。見えないところで選考がおこなわれる通常の文学賞でもじゅうぶんに悩ましいのに、ましてや他の応募者の作品まで読めてしまうとなると、その期待と恐怖は、何層倍にもふくらむものなのです。

そのうえ、ネットの賞という特質を生かして、選考が始まる前に応募作に関してみんながあれこれ書きこめるネット上の掲示板、というものが存在しました。

これはもう、大変なものでしたよ。勝手に全作品の寸評と採点を始めるものあり、喧《けん》嘩《か》あり、仲直りあり、爆弾発言あり、噂《うわさ》あり、まあネットとはこのように激しいものなのかと、口をあんぐりと開けて見ていた覚えがあります。

俳句をしませんか、と誘ってくれたのは、その掲示板に書きこみをしていた応募仲間でした。もちろん掲示板では、喧嘩ばかりがおこなわれていたわけではありません。遠慮深く感想を書きあったり、たまには会って懇親会を開いたりと、ごく平和な営みも、同時に存在していたのです。

俳句ねえ。でも俳句って、なんだか古くさい、昔のものなんじゃないの。蛙《かわず》がどうしたとか枯野《かれの》がどうしたとか。

その時わたしはメールにそんな返事を書いたのだったでしょうか。けれど、その仲間は忍耐強く誘い続けるのでした。俳句って、ぜんぜん古くさいものじゃないんですよ。その証拠に、ほら、ネット上で開かれている「闇汁《やみじる》句会」をためしに読んでみて下さいよ、と。

「闇汁句会」のことは、知っていました。なにしろ、わたしが応募した当の賞の選考委員の一人である小林恭二さんが主宰をしているネット句会なのですから。そこには、小林さんだけでなく、幾人もの小説家やプロの俳人、ネットで有名なあの人この人が参加していました。そんな怖そうなところは、覗《のぞ》きたくないですよ。わたしは答えたのですが、まあ騙《だま》されたと思って、見るだけだから、と、くだんの仲間はのんびりと勧めるのです。

翌日、わたしはおそるおそる「闇汁句会」を覗いてみました。

うわあ、と思いました。

面白かったのです。わたしが思っていた「俳句」と、そこにある「俳句」は、まったく違うものでした。俳句のしろうとも、くろうとも、長年つくっているらしき人も、ついこの前から始めた人も、誰もかれもが、あるものは「俳句」っぽく、あるものは短い詩のように、あるものは見たこともない不思議な言葉のつらなりをつくり出して、思いきりのびのびと自由に句会を楽しんでいるのでした。

矢立《やたて》を持ってさらさらと短冊に筆を走らせ、「うーむ」とわびさびする、というわたしの俳句に対するひどく偏った印象は、一瞬のうちにふき払われました。

俳句って、今のものなんだ。過去のものじゃないんだ。

そう感じたわたしは、すぐさま俳句のとりこになりました。

つくりはじめてしばらくすると、俳句にはどうやら「切れ字」——俳句の途中や最後にくっついて、なんだか俳句を俳句っぽくしてくれる「や」「かな」「けり」「なり」などのことです——というものがあるらしい、ということが薄々わかってきます。それからもちろん、季語というものも、使うべきであるらしい。でも、季語無しでつくる派もいるようであるぞ。それから、あれだ。「匂う」を「にほふ」なんていうふうに書く、歴史的かなづかい派の人もいる。一方には、現代のかなづかい派の人もいる。

どうにも、謎が多いのです。いろいろ、ありなのです。それで、最初は「パスカル文学賞」の仲間だけで細々とネット上で句会をやっていたのが、よその句会に修行、というのでしょうか、道場荒らし、というのでしょうか、教えを乞いに、というのでしょうか、そのどれの意味をもふくみつつ、顔を出すようになります。

このあたりで、わたしはすっかり俳句にはまりこんでしまったのです。やがて「パスカル」の選考結果が出て、幸運なことに「神様」という短篇でわたしは第一回の受賞者となるのですが、その頃はむしろ小説よりも俳句ばっかりつくっていたような気がします。

小説は、長いのです。なかなか、仕上がらない。

でも、俳句はすぐに完成するではありませんか。

おまけに、言葉というものの神髄、のようなものを、短詩は考えさせてくれます。

小説を書きたい、と思っていたわたしにとって、この時期にたくさんの俳句をつくってきたことは、大きな意味のあることでした。いちばんに意味があったのは、読者というものは、こちらが思っているよりも、ずっと深く言葉を読みとってくれる、ということがわかったことでした。

句会とは、いくたりもの人たちが、それぞれの俳句を持ち寄って、無記名で俳句を評しあう場です。自分はこの句にこれだけの意味をこめたけれど、たぶんみんなはそこまではわかってくれないだろうな。最初のうちは、そんなあきらめと、一種の思い上がりのような気持ちをもって、句会に臨んでいました。

しかし、それは大間違いだった。句友は、わたしが自分でこめた意味よりも、もっとずっと深い意味を句の中からくみとってくれたのです。

たとえば、この句集の最初のほうの句、「会ふときは柔らかき服鳥曇《とりぐもり》」という句について、わたしは「別にそうじゃないんだけれど、きっとこれは、恋の句と解釈されるだろうなあ」と思っていたのです。ふわりとしたワンピースなど着て、誰かと会う。そしてそれは、越冬した渡り鳥が北へ去るころの、春の曇り空のもとの情景である。そんな意味を持つ句なのですから。

ところが、句会ではのっけから、「会う、は、逢う、ではないのだから、この句の主体は、まだ恋までは行き着いていないのでしょうね。でも、柔らかき服、というところで、恋の予感があるんですね」という感想をいただいたのです。

びっくりしました。だってわたしは、恋の予感、なんていう繊細な意味など、この句にこめていなかったのですから。でも、そうやって眺めてみれば、ふむふむ、これはたしかに恋の予感だ、と、反対に句友に説得されたような気分になったのです。句友は、作者が思ってもみなかったところまで、読みとってくれるのです。無意識の奥まで、さぐってくれるのです。

読み手というものが、こんなに注意深く言葉を読んでくれる。そのことを、わたしは句会によって知りました。さまざまな年齢、さまざまな職業、さまざまな境遇の人たち、そのすべてが、そんなふうに他人のつくった句を読みこんでくれるのです。まさに句会という場所で、わたしは「作者は読者を信じていいのだ」という、幸福な信頼を手に入れることになりました。

俳句は、日本語でつくるものです。「ふらここ」「帰り花」「権妻《ごんさい》」などという言葉があることを、わたしは俳句をつくってみて初めて知りました。それぞれ、「ぶらんこ」「狂い咲きの花」「愛人」という意味です。ちなみに、「ふらここ」「帰り花」は季語、「権妻」は、わたしの「不思議な言葉コレクション」の一つです。

俳句をつくって、わたしはあらためて日本語が好きになりました。古きも新しきも、どんな日本語も面白いものだ、と思うようになりました。

この本を手に取ってみては下さったけれど、いまだに「俳句って、よくわからないなあ」という方がいらっしゃったとしたら、十七年前とは反対に、今度は、わたしが誘ってみたく思います。

俳句を、つくってみませんか。

この句集におさめられているのは、つくりはじめの頃の「暴れん坊」な——これは、俳句の先輩から苦笑まじりに言われた言葉です——句をはじめ、ぜんたいにつたない句ばかりです。そんなふうですけれど、もしもこの句集を読んで、少しでも「俳句、つくってみようかな」とお思いになった方がいらしたら、それはこの句集にとって、何よりの褒美《ほうび》となることでしょう。

二〇一〇年 秋

川上弘美

対談　長嶋有×川上弘美

俳句だからできる冒険を

長嶋有
（ながしま・ゆう）

1972年生まれ。2001年、「サイドカーに犬」で第92回文學界新人賞を受賞しデビュー。02年「猛スピードで母は」で芥川賞、07年『夕子ちゃんの近道』で大江健三郎賞、16年『三の隣は五号室』で谷崎潤一郎賞を受賞。ほかの作品に、小説『ぼくは落ち着きがない』『ねたあとに』『もう生まれたくない』『トゥデイズ』、コミック作品『フキンシンちゃん』、エッセイ集『安全な妄想』『俳句は入門できる』、句集『新装版 春のお辞儀』など。

パソコン通信から始まる

――お二人が俳句を始めたタイミングはほぼ一緒だそうですね。パソコン通信のＡＳＡＨＩネットの第一回パスカル短篇文学新人賞（一九九四年）に応募されたことがきっかけだったとか。

川上　パスカルに応募した人も応募していない人も共にパスカルについて書きこめるサイトがネット上にあったんです。そこで何かやってみたいねという話になって。

長嶋　第七句会というのができた。その前に闇汁《やみじる》句会という句会があったんだけど、そうそうたる人たちの句会だったから敷居が高くて。

川上　ＡＳＡＨＩネットは文芸に力を入れていて、筒井康隆さんの『朝のガスパール』連載時に読者とのインタラクティブな場を提供したり、日本初のオンライン句会システムがあったりしたんです。

長嶋　闇汁句会が盛り上がったから作ったんだよね、たぶん。

川上　ＡＳＡＨＩネットの句会システムというのは、たとえばネットにそれぞれが句を五つ投句すると――

長嶋　匿名でシャッフルしてくれる。
川上　そう。十人参加していたら、五十句がばーっと出る。
長嶋　アトランダムにね。
川上　うん。闇汁句会を見て何人か俳句にはまったパソコン通信の常連さんやパスカルの応募者たちがいて、課外活動的に第七句会を始めたんだっけ？
長嶋　僕はそう認識してる。俳句に夢中になった人が、もっと句会をやりたいってなったんだと思う。
川上　メンバー覚えてる？
長嶋　村井康司《むらいこうじ》さんが中心だったような。
川上　当時小学館の編集者をしてらした。
長嶋　『日本国語大辞典』の編集部にいた。
川上　ジャズ評論家でもあって。退職後の今は、そちらのほうで活躍してる。
長嶋　俳人の寺澤一雄《てらさわかずお》さんも面白がって参加していましたね。パスカル短篇文学新人賞に応募するような文芸好き、ＳＦ好きの人が参加して、その中に僕も川上さんもいた。でも、僕は俳句そのものの魅力に取りつかれたわけじゃなかった。
川上　私も最初はそうかもしれない。
長嶋　みんなが楽しそうにしてるのがうらやましかったから参加した。

川上　同じだなぁ。サークル活動が楽しかった（笑）。おまけに、パスカルは九三年の十月三十一日が締切で、発表が九四年の四月だったから、応募したみんなは時間をもてあましていた。

長嶋　うん。だから、あの時みんながゴルフを始めていたら、僕もゴルフを始めてたかも（笑）。それが俳句だったから俳句。そういう入口ではあった。

川上　そう。たまたまですよね、俳句始めたのは。でも、俳句とネットの相性がよかった。

長嶋　そうかも。短い字数のものをちょっと批評し合うというのが、それこそ映像も動画もない時代のパソコン通信に合っていた。

川上　パスカルの全応募作は、ＡＳＡＨＩネットの会員なら誰でも見られたんです。作者の名前は伏せられていて、二百十数作の応募があり、それを一から評していく人が出てきたけれど、ネット上での不用意な小説の批評や感想の表明は、人間関係を壊しかねない。でも、なぜか俳句はそうならないんですよね。

長嶋　そうだね。その時点で違いがあった。

川上　俳句は短いから、ここはもうちょっと別の言葉のほうがいいんじゃないかとか、指摘されるのは細かいことで、内容自体の批判ではないんです。そこがネットに向いていたんじゃないかと。

長嶋　そうかも。でもそれは後から思ったことで、その時は漠然と楽しんでいた。

川上　そう。ただただ楽しかったよね。

長嶋　第七句会ではいい句を選ぶだけじゃない。小林恭二さんの教えありきで始まったから、逆選をするんです。よくないと思った句にバツを一個つける。

川上　そうなんですよ。五つぐらいよい句を選ぶとして、逆選も一つは必ず選ばなきゃいけない。

長嶋　だから、必ず批判をするわけだよね。

川上　そうなんですよ。ただ、小林恭二さんの逆選は、絶対的に駄目という意味じゃなくて「いいけれど、あえて逆選にした」とか。

長嶋　「この一点さえなきゃすごくいい句なのに惜しい」みたいな、一言言いたい句。建設的な批判になるようなものにバツをつけるという趣旨。だから、あしざまに言い合うことにはならなかった。今思うと参加者たちの品がよかった。

川上　小林さんの『俳句という遊び』と『俳句という愉しみ』という、岩波新書から出ている、数名の活きのいい俳人たちによる句会の実況をした本があって、すごくいいお手本になった。今考えたら、何もかも小林さんのおかげですね。あの啓蒙《けいもう》の力はすごかったよね。

長嶋　本当、そうですね。

句会の議論は後を引かない

――お二人は俳句を作り始めてすぐに投句をするようになったんですか。

川上　そうですね。第七句会が始まってすぐ。あれ、第七句会に入っている人しか見られなかったんだっけ。

長嶋　どうだったっけ。公開はされていたと思う。

川上　でも、自分が参加してなきゃ見ないよね（笑）。有名な人もいなかったし。闇汁句会はみんなが見てたけど。

長嶋　五七五、整った！　と思って出すんだけど、必ずもう一歩の評価だったな。その理由を誰かが書いてくれる。これはいいだろうと思うと、まあまあみたいな感じで。

川上　そう。必ずそうなの。これ名作！　って思って出しても、ほとんど選ばれない。今もそうだなぁ。

長嶋　何でだろうな。でも、その時に、一句に対して多数の声が集まるという仕組みのすごさというか、よさを分かった気がする。

川上　順番に評を言っていくので、前の人と違うことを言いたい。それで厚みが出るんですよね。

長嶋　そうですすね。以下同文じゃ意味ないから。前の人が言わなかったこと言ってやろう（笑）。

川上　みんな、芸を見せるよね（笑）。俳句は作るのも評するのも、ごく短いスパンでできるのがいいのかも。たとえば映画を作るだったら途中で仲間割れしそうだし。バンドにしても人間関係にひびが入りそうだけど、俳句は入らないんですね、ひびは。

長嶋　たくさん議論したとしても、「御破算に願いましては〜」となるのがすごく早い。句会の若い頃、半日以上句会とか飲み会をしていても、すぐに次の句会やろうとなる。句会のディスカッションが尾を引かない。

川上　私は第七句会から始めてよかった。最初に俳句結社に行っていたら、すぐ辞めていたと思う。

長嶋　僕もそうかも。

川上　私はその後、今所属している結社ではない、『鷹』という結社に少しの間入っていたんだけど、「俳句はこういうのではいけない」と言われると、反対にそういう句ばかり作って投句していた（笑）。どうだ、落としてみろ、みたいな。アマノジャクきわまりない（笑）。

長嶋　十代の反抗期みたいな話。その頃、もう三十代でしょう？

川上　そう。でも、今だってそうですよ。

長嶋　突っ張りたいのね。

川上　そうなのかな。「だめなものは存在しない、あらゆるものに価値がある」ということを信じたいというか……。当時の『鷹』は、「いけない」ものが多くて、ほんと、反抗することに燃えました（笑）。

長嶋　なんで結社にいるのよ（笑）。結社で俳句を始めるのももちろん醍醐味《だいごみ》がある。それが今なら分かるんだけど、そのためには俳句というものに心を打たれていないと駄目な気がする。

川上　そうですね。それから、その結社に対するリスペクトがないと。でも今いる結社は、なんでもアリで、反抗心はずいぶんなくなりました。

長嶋　信頼がないと。

川上　そう、信頼とリスペクト。とくに俳句は文法とか切れ字とかいろいろ決まり事があって、けっこう難しいのね。だから、ちょっとお稽古事みたいな面もある。先生の言うことを聞いて、だんだん上達していくというところもあるので。

長嶋　型があるからね。

俳句は小説よりも私性が出る

川上　俳句を始めたばかりの頃、同人誌活動も楽しかったんですよね。長嶋さんもいた『恒信風《こうしんふう》』という俳句同人誌でたくさん句を作りました。その後『鷹』をやめて入った今の結社『澤《さわ》』でも、たくさん句会に出て句もいっぱい作ったんだけど、この十年ほどは、毎月の投句六句ぶんしか作ってないなぁ、そういえば。

長嶋　でも、『澤』をめくると、投句をほぼ休んでないよね、川上さん。九〇年代の終わり頃からだんだんみんな忙しくなって『恒信風』の活動も緩慢になって、僕はそこで自分の句歴が終わってもおかしくなかったんですよ。

でも、たまたま小説のほうでデビューして、受賞作家の紹介記事に「作家の川上弘美さんは俳句仲間」みたいに書かれちゃったからか、俳句関連の依頼が妙にたくさん来たんです。

川上　えー。私には来なかったよ（笑）。

長嶋　ちょうど二十九、三十歳だったから、その年頃で俳句をやっている人は珍しかったんじゃないかな。

川上　超若手ですよね、俳句の世界では。

長嶋　NHKのBSの俳句番組に呼ばれたり、俳句雑誌で何かやってくれみたいな依頼があって。俳句をちゃんと勉強したわけでもないし俳人でもないくせに、依頼は拒まずに引き受けていた（笑）。だから、新作を作ってないとかっこ悪いの。

川上　なるほどね。

長嶋　それで、どこで学んだのでもない我流のまま、勝手に小さい句集を作ったり、俳句の筋肉みたいなものを鍛え続けた。
僕は、川上さんが句集を出すまでは、ちゃんとした句集は出すまいと思っていたんですよ。
川上　本当？　何で？
長嶋　おこがましいじゃない？
川上　えー、私に対して？
長嶋　うん。
川上　長嶋さんのほうがずっと年が若いからね。そんな必要はなかったと思うけど、気持ちは分かる。
長嶋　俳句について威張りたくないみたいな気持ちもあって。句会で「俺の句いいのにな」みたいなレベルでは自信があるし、「そこらの俳人に負けないぞ」ぐらいに思っている面もあるんだけど……。
川上　本当？
長嶋　その時だけね。でも、どこかで、門外漢が威張っていいことじゃないと思ってる。俳句の醍醐味の深淵《しんえん》には到達できないんじゃないかって。だから、似たようなポジションで俳句をやっている川上さんが出すなら、自分も句集を出していいのかなって。
川上　じゃあ、出してよかったですね、私。

長嶋　ありがたかった。『機嫌のいい犬』の二句目「はつきりしない人ね茄子《なす》投げるわよ」は、パソコン通信の句会の場で話題になった句だったよね。「C難度宙返りせる春のたましひ」もそうかな。

川上　最初のほうだから、第七句会に出した句かも。それから、あの頃、けっこう句会をやっていたよね。公開した年ごとにまとめているからいつ作ったかが分かりやすい。長嶋さんの『春のお辞儀』は、年ごとではない？

長嶋　ない。交ぜこぜにしちゃった。『機嫌のいい犬』を作る時、句の順番を決めるのは大変じゃなかった？

川上　いや、年ごとだから簡単だった。

長嶋　その年に発表したものの中で、よくない句を落とせばいいのか。

川上　そう、落とせばいいだけ。交ぜこぜにすると大変でしょう。

長嶋　うん。ある俳人は洗濯ばさみで自分の句の短冊を部屋中に吊《つる》して並べ替えてみると聞いて「そうだよな」と思った。僕はそれをパソコンの画面上でやったけど。

川上　そうか。私は年ごとの句集が好きなんですよ。人の句集を読む時も、年が載っていると、この年にこんなことが起こったから、この時の句なんだなみたいなのが分かって。

長嶋　今回、川上さんの二冊目の句集が出るけど、そのよさは二冊続くことでより深まった感じがしますね。『機嫌のいい犬』は一九九四年から二〇〇九年までの十六年間。新しい句集は二〇一〇年から二〇二三年までの十四年間。

俳句は写真に似ている面があるから、写真にたとえて、「これじゃスナップ写真だよ」みたいに言うことがありますよね。

川上 そうなの？ そんなこと言うんだ。

長嶋 平板な句の時に、プロのカメラマンならこう撮るみたいなことを言う人がいますよ。

川上 プロ……。

長嶋 これじゃ漫然と撮ったスナップ写真だ、みたいな言い方があるけど、スナップ写真って人間の営みの中で重要ですよね。昔のカメラは画面の右下に日付が入るじゃない？

川上 それは昔でもなくて、最近なの。私にとっては（笑）。

長嶋 入るようになったんだよね、ある時から（笑）。

その数字に意味がある。あの時、ここにこの人がいて、こんな笑顔だった。この時、誰それさんと誰それさんが一緒にいたとか。そこでシャッターを切らないと保存されない瞬間。その時そう思った、そう感じたんだということを保存するのがスナップ写真。だったら、スナップ写真のような俳句で何が悪いとも思う。

川上さんの句はスナップ写真のようではないけれど、年ごとに句が並んでいることで、俳句の保存性の意味が強く出ているなと思った。

川上　俳句は小説よりもよっぽど私性《わたくしせい》が出るんですよね。

長嶋　うん。初心者向けの俳句の教えで、よく「『私』を出すな」というんだけど、どうしても出てくる。さっきの「C難度宙返りせる春のたましひ」の「たましひ」という言葉の使い方、その句の出てき方みたいなものに川上さんが出てる。小説でも、人間を人間として見てないような捉え方が川上文学ではよくあることなんだけど、その「たましひ」性みたいなものを感じている川上さんが、この一句によりクリアに出ているという感じはしますね。

作者名があって俳句があるから面白い

川上　自分の俳句って変化したと思いますか。

長嶋　どうだろう。トピックは変化したかも。中年になった感慨みたいなものとか。何句かだけにそれがあって、おおむねそんなに変化してないと思う。

川上　変化してないか。

長嶋　僕はね。変化したと思います？

川上　並べてみるとちょっと変化しているような気がしますね。でも、その変化が何なのかというと、技術的なものとは違う。やっぱり内面が出ちゃうから、自分自身が変化すれば俳句も変化していくのかなという気がする。私、『機嫌のいい犬』を見ると、「若っ」って思う。

長嶋　自分で分かる？「これは今作らないよ」みたいな？

川上　「えー、こんな句、誰が作ったんだよ」という感じ。たとえば、恋の句があったりしますよね。

長嶋　ああ、はいはい。

川上　そういうのは今はもう作らない。別に恋を否定しているわけではなく、人を恋うみたいな気持ちよりも違う気持ちのほうが面白くなってきた。

長嶋　確かにね。

川上　『機嫌のいい犬』も、前半のほうは人恋しい感じで、後半のほうがひょうひょうとしてる。十六年間の俳句だから、この一冊の中だけでもかなり変化があると思う。だんだんハードボイルドになってきて、今度出る新しい句集はかなり――

長嶋　野蛮になった気がするな。

川上　あー、そうそう。それから、現代の言葉をいっぱい使ってみたりして。「線状降水帯」（為替レート点滅線状降水帯通過）とか「生命維持装置」（生命維持装置低く唸《うな》れる花の夜）とか。

長嶋　そうですね。言葉を取り扱う時に差別しないというか。「耳になじんじゃった。なら、使ってみるか」みたいな。僕もそういう時がある。
　でも、最初の句集を出す時、「やっぱりうまいと思われたい」みたいな、俳人の人が読んでも「おお、ちゃんとしてるな」みたいに思われたいみたいな句もつい選んじゃった。
川上　本当？　知らなかった（笑）。
長嶋　『澤』に載っている川上さんの句を見ると、初心者が出したら添削されるような字余りだったりをどんどん入れているよね。
川上　そこは『澤』は自由なの。『澤』にはたくさん字余りの句が載ってます（笑）。
長嶋　でも、川上さんは句集でも、その時の自分の記録だということを選ぶ時の優先順位にしていると思う。よくできた句、うまいと思われる句よりも上に置いているんだなと。
川上　自分としてはうまくできた句を入れてるつもりなんだけど（笑）。
長嶋　いやいや（笑）。そう言うんじゃないかという気もしたけど。
川上　私、昔は俳句も小説を書くみたいに架空のことを作っていたんですけど、最近、普通の日常をどんどん俳句にするようになった。それで記録性が高いのかもしれない。それが自分の変化かもしれない。

長嶋　うん。そうか。日常詠になった。

川上　そうそう。それから、「はっきりしない人ね茄子投げるわよ」とか、ちょっと変わった句を作っていたので、かえって俳句界の人から面白いとか言われたんだけど、そのうちに、さりげない日常のことを作るようになったら、「ただごと俳句」って言われたんですよ。平板なスナップ写真と同じ、何でもない日常のことを詠んだだけのつまらない俳句という意味で。すごいむっとして、そういうのばっかり作った。逆にね。

長嶋　なんでむっとするの？　するか。するな。否定だもんな。

川上　そう。だって、俳句のいいところがだんだん分かってきたような気がしてきたから、さりげなく、でも、その中で何か一点光るものがあるのを作りたいなって真面目《まじめ》にやっているのにそんなこと言われたから。「結社に入ってつまらなくなった」とか言われて、何じゃそりゃって。

長嶋　そうだね。

川上　だから、結果的にそういうスナップ写真みたいなものの中で、どこか惹《ひ》かれるところのあるものを作りたい。そう思うようになった。

長嶋　日常のスナップ写真のようだけれども、川上弘美的な人間の見方みたいなのは相変わらずある。

川上　そこは変わらないですけど。

長嶋　うん。新しい句集に入っている「おとうとの中に父をる南風かな」も、一人の人間なのに、中にいるのはその人だけじゃない。川上弘美の小説に出てくる人間が重なり合っている様を見ている感じ。

川上　それは作者名があるからかな。単に弟が父に似てきたんだなと解釈してもいいわけだから。俳句は作者名が大事。桑原武夫《くわばらたけお》が「第二芸術論」でそのことを批判したよね。作者名を伏せて、高名な俳人の句と無名の作者の句を並べてみたら、よいものとして選ばれた句は必ずしも高名な俳人の句ではなかった、作者名がなければダメなものは芸術ではない、と。でも、そうじゃなくて、作者名があって俳句があるから面白いと思うんです。しろうとでも一句だけなら、たまにいい句は作れる。反対に、いい俳人でも凡句を作る。だから句集一冊ぶんが、たとえば短編集一冊にあたるのであって、俳句一句は小説の一文。一文だけじゃ、判断できっこない。という理由から、作者名はやっぱり必要だと思うんです。一人の作者の作品を総合的に読むためには。

長嶋　そうです。そこが楽しい。欠点じゃないよ。作者をプロファイリングする楽しみがあるし。

川上　そう。句会の楽しみはそれかなという気がする。句会はたいがい定期的に開くので、メンバーが知り合いになっていくんですよ。そうすると、この人はこういう俳句を作ってきたというのを知っているので味わいが深まりますよね。

作品は作者と切り離して論じるべきだという考え方もあるけど、そうじゃない楽しみ方ができるというのは、今だと逆に新しいのかな。まあ、新しい、古いというのはどちらでもいいんだけど、作者性が強いのは、俳句をはじめ短詩型の可能性だという気がする。

長嶋　そうだね。そういう楽しみ方は昔からあったけど、現代ではより面白く思えるよね。

句会で点数が入ったら嬉しい

――長嶋さんが千野帽子《ちのぼうし》さん、堀本裕樹《ほりもとゆうき》さん、米光一成《よねみつかずなり》さんとやっていて、川上さんもゲスト出演されたことがある公開句会「東京マッハ」の本（『東京マッハ――俳句を選んで、推して、語り合う』）を読んでいると、これが誰の句かというのが当たったり、当たらなかったりするのが面白かったです。

川上　うん。絶対この句はこの人のものだと思っていても、違ったりする。

長嶋　その人らしさが出てるとか思って、けっこう自信があったりするのにね。

川上　そう。裏切られるの。

長嶋　でも、見抜かれる時もある。「絶対長嶋さんだと思った」みたいなことを言われる。

川上　私、米光さんの句はかなり分かる。でも、千野さんは分からない。
長嶋　分からないね。
川上　なりすますとかするし（笑）。
長嶋　ゲームだから。ショーのようになっている場だしね。
川上　句会って、初めて参加する人には点数を入れたいなと思ったりしますよね。そのために、この句かなとあたりをつけて選んだりする。いい意味で（笑）。
長嶋　いい意味でとしか言いようがない。サービスとしてね。
川上　だって、また来てほしいものね。
長嶋　選ばれて、点数が入ったら嬉《うれ》しいからね。句会にはそういうゲーム性がある。一方、句集というのは、そういうゲーム性を離れて作る。
川上　そうですね、句会でたくさん点が入った句が佳句だとは限らない。句集にする時にはそういう句を落としちゃったりする。
長嶋　それこそ一点も入らなかった句をずっと覚えてて、入れますね。不思議なことに。点が入らなかった恨みもあるのかな。分からないけど。
川上　そうでもないんじゃない。何年かすると駄目な句は分かるじゃない？　自分で。
長嶋　そうだね。
川上　その時は分からないんですけど、半年ぐらいすると「ああ、やっぱりこれ、ちょっとデッサン狂ってたわ」みたいな感じで。本当に不思議だよね。

案外誰も言わなかった「ラムネ痛し」

――俳句といえば季語。お二人は季語についてどうお考えですか。

川上　最近、さっぱりとした簡単な季語ばっかりになっている気がする。『機嫌のいい犬』の頃は、コレクションしておいた季語を使ったりした気がするんですけど、最近はもう、「春の夜」とか、『歳時記』の最初のほうに載っているのしか使ってなくて、動物とか植物とかすらほとんど出てこなくなりましたね。

長嶋　僕もそう。最初は仲間と一緒にいられるから句会は楽しいというところから始まって、季語だったり、定型だったりという俳句の醍醐味を遅れて楽しんでいた感じなのかな。それを経て、だんだん簡単な季語になっているのが今。

川上　そうですね。コレクションしたくなるような変わった季語とか、自分とはかけ離れた季語は使わなくなった。たとえば竹夫人《ちくふじん》という季語がありますよね。

長嶋　ありますね。

川上　夏の抱き枕のことですよね。竹でできた硬いやつで、抱くと涼しい。季語として使ってみたかったけど、自分の生活から離れているから、そんな俳句はできないということに気づいた。

長嶋　トライはしてみた？
川上　した気はするけど、句集には載せないかな。
長嶋　でも、せっかくあるんだから使ってみよう、みたいな気持ちもあるよね。
川上　長嶋さんはそういうことは嫌なのかなと思ってた。自分の実感から離れたことは俳句にしたくないのかと。だからこそ、すごくシンプルに季語を使うのかなって。「俳句っぽいの嫌い」みたいな。
長嶋　そうだね。季語に凝ると自然を尊ぶことになりがちというか、季語ってそういうものだけど、自然を尊ぶほうに行く自分は嘘《うそ》だから（笑）。エアコンの効いた部屋で楽にしていたい自分が本当だから、そこは嘘をつきたくないというのはあります。だから、「NHK俳句」の選者をやった時に、「冷房」という題を出したんだけど、冷房を賛美する句は僕しか作って来なくて（笑）。
川上　そうなんだ（笑）。
長嶋　僕は「エアコン大好き二人で部屋に飾るリボン」という句を作った。『春のお辞儀』に載せてる。正確にはエアコンは季語じゃないんですけどね。暖房も冷房もあるから。クーラーは季語だけど。
川上　でも、そこはエアコンって言いたいですよね。
長嶋　言いたい。「エアコンつけよう」って普通は言うから。「クーラーつける」ってもはや言わない。

で、その句全体から夏って分かるだろうと思ったから、それは変えなかったけど。でも、そういう例句までＮＨＫの雑誌に載せて募集したら、みんな冷房大嫌いで。

川上　おかしい（笑）。

長嶋　悪いことしたな。

川上　それ、いつぐらい？

長嶋　二〇一九年かな。

川上　けっこう最近だ。昔かなと思ったら、今もみんなそうなのね。

長嶋　今も冷房は嫌いらしい。

川上　私なら冷房好きな句を作る。そこは同じ同人誌出身だからでしょうか。

長嶋　俳句ってだいたい季語を肯定するものじゃない。だから、その時に自分のスタンスが浮き彫りになったなと。

川上　そうですね。季語への独特のスタンスが表れていることは私にもあるかもしれない。

長嶋　川上さんの新しい句集に、「ラムネ痛しけふも朝より何もなし」っていう句がありますよね。それこそただごと俳句のような句だけど、「ラムネ痛し」は案外誰も言わなかったような気がする。炭酸が強いとのどが痛いじゃないですか。ラムネやソーダ水って季語になっているんだけど、清涼感のさわやかな句が多いのよ。

川上　うんうん。それは冷房と反対に、ラムネを飲んで「少しつらい」という。

長嶋　ね。ラムネは痛いもの。

川上　痛いよ。飲むけど。痛いけど飲む。ちょっと好き、みたいな。

長嶋　そうそう。嫌だけど好きみたいなものだよね。で、思い出したのが、何年か前の俳句甲子園で、ソーダ水で俳句を作った高校生に、年配の俳人がすごく怒っていたこと。

川上　そうなの？

長嶋　ソーダ水というのは若者が『歳時記』をめくって、珍しく自分たちに身近に感じる季語なんですよ。だもんだから、青春っぽい内容にソーダ水って季語を当ててさわやかな句を作って出したら、「君たちはソーダ水ってふだん言ってるのか」ってその選考委員が怒った。

川上　でも、最近、ソーダ水ってまた流行《はや》ってるんじゃない？　いわゆる「映《ば》える」素材としても。

長嶋　若者もソーダ水って言っているのかもしれない。でも、僕はその選考委員の言っていることも分かったんですよ。便利に使えるからソーダ水って季語を選んだな、というところを見抜いたんだと。コカ・コーラだってあるんだし、いろんな固有名詞があるただ中に生きているのなら、それを使えってことじゃないかと。

川上　まあ、句にもよるよね。
長嶋　だから、逆にラムネやソーダ水って、簡単に使えそうで難しいなって思っていたところでこの句を読んで、「そうだ、痛いんだった」と。
川上　そういうのはありますよね。でも、ソーダ水で私も作っているよ、『機嫌のいい犬』の中で。「ソーダ水女の機嫌そこなつちまふ」。
長嶋　「久世光彦《くぜてるひこ》さん」というまえがきもいいよね。
川上　いかにも久世さんのドラマに出てきそうじゃない？　難しいんですよね、ソーダ水はね。レトロ。でも、意味が分かる。そういう季語、たくさんあるような気がしますね。それでますますシンプルなのを使いたくなっているのかもしれない。ラムネとか、自分自身は昔の昭和のその感じを知っているんですけど、だけど、それを今使う意義に迷うというのがあるんですね。
長嶋　そうですね。
川上　やっぱり今作る句というのは考えるよね。今を表している句が作りたい。別に今の時代を表現したいんじゃなくて、今の自分が感じている、今の雰囲気。
長嶋　分かる分かる。だから、新しい句集に入ってる「スマホ買ひ即鋳入れる夜寒かな」は名句だと思う。これは長く残る句ですよ。
川上　それも、みんながスマホを持ってけっこう経《た》つのに、ようやく買ったという実感で作っているんですよね（笑）。

長嶋　スマホ二周遅れ。でも、ひびを入れるのは誰よりも早い（笑）。自分の不用意や間抜けさで作るのも俳句のある種の定番ではあるけど。

川上　事実だしね。買って四日めに落としちゃった。

長嶋　「ＮＨＫ俳句」でたくさんの投稿を見ていると、新しいものを詠もうという人がスマホとか使うんだけど、どうしてもスマホの説明になっちゃうんだよね。スマホのスマホ性に肉薄しなきゃいけないじゃない？

川上　うんうん、そこは難しいよね。自分で作っていても難しいと思いますよ、本当に。

長嶋　うん。でも、川上さんは一貫してそういうふうに諸事に当たっているってことなんじゃないかな。

川上　そうでもない。俳句ってたくさん作って、二十句に一句ぐらいしか句集に載せられない感じしません？

長嶋　それはそう。

川上　本当に凡庸な句しかできないんですよ。

長嶋　だって、プロのカメラマンもめちゃくちゃたくさんシャッターを切るけど、写真展をやる時には厳選しているじゃない。

川上　そうですよね。うんうん。

長嶋　それは俳人たちの句集ももちろんそうだし。
川上　『春のお辞儀』もそうでしょう？
長嶋　たしかにそうですね。

小説で使えない言葉でも俳句なら使える

川上　この間、第七句会当時の俳句仲間と長嶋さんと私とで、久しぶりに三人で集まったんですけど、「知人に、長嶋さんのラジオが大好き、大ファンだという人が何人もいるんですよ」と彼が言っていて、長嶋さんは印象に残るしゃべり方ができるよねって。決め言葉が言える。それから、比喩がうまい。
長嶋　本当かね。俳句とは別にブルボン小林という名前で漫画のことをずっと書いていたら、ラジオでお薦め漫画を紹介してくださいみたいなことがあって、月一で番組に出ていたんですよ。それでだんだんと後天的にしゃべりがうまくなっていった。
川上　昔はそんなにいっぱいしゃべらなかったのに、別の機会で久しぶりに長嶋さん含む何人かで飲んだ時に、みんなをつなげてくれるようなしゃべり方をするようになっていてびっくりしたこともあった。
長嶋　そうかしら。
川上　どうした？　照れた？（笑）

長嶋　暗いパソコンオタクだったのが（笑）。たぶん人としゃべるのが好きなんだなということを、パソコン通信で出会った人たちとしゃべって気づいたんだな。自分は内向している人ではなかったんだと。

川上　内向している人だとはみんなあんまり思ってなかった気がするけど。

パスカルは、みんなのが読めても、誰が書いたかは無記名なんです。で、一番人気のあったのが、姉妹が二人で心細く留守番をしている「猫袋小路」という話。繊細でリリカルで、「どんな人が書いたんだろう。この人のファンになった」ってみんなが言って、実は作者が長嶋さんだったという（笑）。あれはごく短いものだったけど、後年この応募作をもとに小説を書いたよね。

長嶋　書いた書いた。「すばる」（二〇一〇年十月号）に載った「十時間」という短篇（『祝福』所収）。小説だけは今も内向している面があるかもしれないな。だって、一人で書くものだし。

川上　それはもう、私だって内向しております。

長嶋　昨年出た川上さんの『恋ははかない、あるいは、プールの底のステーキ』もそうだよね。ふだん、川上作品って傷口を見せるようにではなく寂しさを書くと思っていたけど、この作品にはダイレクトに寂しさを感じる瞬間があった。もちろん単純に、年を取った人たちの話だからというのもあるかもしれないけど。

川上　昔とは違う寂しさになって、甘みの少ない小説になってきている。
長嶋　これまで人交わりの難しさで寂しいという感じを受け取っていたんだけど、もっとダイレクトに、生きていると寂しい、という感じ。
川上　そうですね。それは年齢の与えてくれたものかな。若い頃は書けないことだよね。
長嶋　うん。すごく持ち重りのする感じだったんですよ。
川上　よく読んでくださってありがとう。
長嶋　あと、「今の世の中、無頼はまったく評価されないときている」というフレーズがあって、本当だなと。その分、男も威張らなくてよくなったみたいなよさもあるのかもしれないけど。このフレーズをよく覚えてる。
川上　そこを覚えているのが長嶋さんらしい（笑）。
長嶋　喝破されたと思ったのかな。
川上　おかしい（笑）。
長嶋　そうだ、あの小説は「気ぶっせい」という言葉が出てくるのもよくて。
川上　あー、気ぶっせい。時々使いますね。
長嶋　気ぶっせい。僕の小説の文章の組立てでは使えない。
川上　そういう言葉はそれぞれ作家にはあるよね。私も長嶋さんの小説を読んでいて、この言葉は自分は使えないな、というのがある。

長嶋　そうなんだよね。でも俳句なら使える。

川上　そう、俳句だったら使う。冒険できる。

長嶋　『歳時記』の中から何か使ってやれみたいなことを考えられる。

川上　あえて使ってみる。

長嶋　農耕の季語は自分には分からないから使わないけど、ちょっとでも縁があれば肉薄できるんじゃないか、みたいな気持ちはある。それが『歳時記』の面白さだなと。

川上　私、つい最近、「集会や弁当に春泥飛び来《く》」という句を作ったんですよ。

長嶋　いい句ですね。

川上　何かの集会をしていて、お弁当に春泥が、という句なんだけど、主宰に「その春泥の使い方間違ってるよ」と言われたんです。

長嶋　そうなの？

川上　春泥って雪とか降って解けたりして、ぬかるみになったもの全体を指すので、飛んできたものはもう春泥じゃないんだって。「その使い方みんなよくするんだけど、それ、間違っているから」って言われて、「おお！」って思った。知らないことがまだまだあるなって。

長嶋　厳密なのよね。プロは（笑）。

川上　いい校閲の人がそばにいるみたいで、ありがたいと思った。

長嶋　僕は池田澄子《いけだすみこ》さんの出ている句会に行ってるんだけど、句会でベテランに指摘されると、「チッ」とか思いながら、そうかって思う。
川上　「チッ」？（笑）
長嶋　俳人は精度高く見てくれる。
川上　そうですね。言葉に対する精度の高さはすごい。そうやって俳人たちが作ってきた歴史があるから。
長嶋　そうだね。この間、澄子さんたちの句会で「春衣初めは辛くないカレー」という句を出したの。そこそこ受けたんだけど、「春衣は今日び着ないでしょう」と指摘された。カレーをラフに食べているということは、「春衣」じゃなくて「春服や」でいいって言われて、やっぱりそれはそうなのかな。
川上　春衣って具体的には何を指す？　着物に近いもの？
長嶋　ということになるんだよね。
川上　杉田久女《すぎたひさじょ》の有名な句がありますよね。花衣ぬぐや……あれ？　思い出せない。
長嶋　（スマホを見て）「花衣ぬぐや纏《まつ》はる紐いろ〳〵」だ。
川上　そう、それ。
長嶋　あー、いい句だ。
川上　田辺聖子《たなべせいこ》さんが杉田久女の伝記小説の題に使ってる（『花衣ぬぐやまつわる……

わが愛の杉田久女』)。花衣を脱ぐということは、着物を脱ぐ。紐をたくさん使っているので、色とりどりの紐だらけになる。だから、衣というと、やっぱりそのイメージ。

長嶋　だから、大げさというか間違っているんだね。

川上　着物着てカレーは食べないかな。食べるかもしれないけど。

長嶋　かなり的確な評なんだ。ただ、「春服や」の語感なんだけど、そこを「や」で切りたくなかったんだね。五音で行きたいというのがあって「春衣」にした。そういう自分の思考も後から考えると分かるんだけど。だから、「春服や」でいいはいいんだけど、「や」を言いたくないから、別の言葉にトライかなとかね。

俳句で歴史的仮名遣いを使う理由

川上　長嶋さんは、これでもかという感じの「切れ」は嫌いだよね。

長嶋　そうだね。「ゆるふわ切れ」みたいに言われるけどね。

川上　私は歴史的仮名遣いで俳句を作るけど、そのことについて「東京マッハ」という公開句会イベントにゲストで招いていただいた時に、千野さんと話した覚えがある。千野さんはそういうのはよくなくて、自分が知っていることをちゃんと自分の言葉として書いたほうがいい句ができるよという考えなんですよね。私はそれとは反対で、俳句ではふだん使わない言葉で冒険するのが面白いんじゃないか、って。だって、そんなこと普通の散文ではできないから。現代に生きながら歴史的仮名遣いで書くというのは、丸《まる》谷才一《やさいいち》さんでもなければ無理で、自分がやったらかなり不自然。だけど、俳句だったら、できるんですよね。「そこは試させてよ、千野さん」とマッハの会場で言ったよね、たしか。

長嶋 それには千野さんも納得していたと思うよ。

川上 うん、そうでした。一方で、千野さんの言うこともよく分かるんですよ。春衣とカレーというふうな感じで使っちゃうと——

長嶋 似合わなさが生じるからね。

川上 長嶋さんは小説を書く時の細部みたいな感じで俳句を作ってるなと思う。

長嶋 小説と俳句でそんなに差はないかもしれない。でも、やっぱり「や」とか言っちゃうんですよ（笑）。俳句では。

川上 五音にするためにね。四音の季語に「や」をつけるとかね。でも「や」までが限界でしょう、長嶋さんは。「かな」とか「けり」とか使わないでしょう？

長嶋 「けり」とか思わないから（笑）。

川上 私は「けり」も「かな」もどんどん使っちゃう。

長嶋 でも、人の句を読む時にそういうことは思わないな。

川上 そうですね。でも、自分の句にはちゃんと使わないでいる。主義を貫いているんだなっていうのが長嶋さんの俳句から伝わってくる。
長嶋　なるべくね。「なるべく」という便利な言葉がありまして。
川上　ないんじゃないかな、たぶん。
長嶋　そうかな。
川上　（『春のお辞儀』をめぐる）「けり」があった。
長嶋　あるでしょう。
川上　「とりあえず裸の方を口説きけり」。これは何ていうか、照れの「けり」でしょう。
長嶋　そうだね。裸を口説くわけだから。
川上　明らかに本来の「けり」として使ってないよね（笑）。ほら、照れがある時にちょっと古い言葉を使ったりするじゃない？
長嶋　その「けり」は絶対そうですね。
川上　あと、「かな」もあった。「夏服を褒めたりしない職種かな」。これも同じ感じ。
長嶋　そうですね。
川上　あった。「蚊取り線香の台座のたまりけり」。これ、すごく俳句っぽい感じだよね。
長嶋　うんうんうん。
川上　だけど、台座だから、長嶋さんだなという。
長嶋　蚊取り線香って、燃えた後に金属の台座だけが残る。

川上　そうだよね、残るよね。
長嶋　で、頑丈だから、次の蚊取り線香買ってきても、前の台座でいいんですよ。
川上　分かります。必ずついてますもんね。
長嶋　古いほうを捨てるのも何か悲しいの（笑）。

名作主義はいけない

――お二人はふだんどんな時に、どうやって俳句を作っているんですか。
川上　私がいる『澤』は一か月に一度、結社誌（『澤』）を出しているんです。結社に属している人たちが投句して主宰が選んで載せる。さっき言った「毎月六句」は、この投句のためのもの。あとはたまに句会があると作る。句会の直前に必死に作るんです。
長嶋　僕は月に一回くらいのペースで、池田澄子さんのいる句会に出ているんだけど、その日の集合時間の九十分ぐらい前から作り始める。五句。前日にとか、たくさん時間かけてああだこうだ言ってもあんまりよくならない。
川上　私も同じ。一時間ぐらいで作っちゃう。俳句には「袋回し」というのがあって、人数分の紙袋を用意して、それぞれの決めた題を表に書いておき、長くて三分、短くて一分制限でその題をよみこんだ句を作っては袋に入れ、どんどん回して行くという遊び方の句会で、数十秒という短時間で作ったもののほうが、じっくり作ったいつものよりもかえっていい句になったりする。力みがなくなるのと、無意識がどんどん出てくるのとで。追い詰められて。

長嶋　何か筋肉の変なところがぐにょっと動くみたいな気持ちになる。九十分前はたっぷり時間を取っている感じ。

川上　本当にそう。

長嶋　時間がないことでどこかがおざなりだったり、この季語でいいやみたいにしちゃうとかはよくないんだけど。

川上　でも、たいがい思うように句ができないことは多くて、それでも句会に出すんです。

長嶋　うん。出して、みんなの言葉を聞いて、持ち帰る。

川上　名作主義はいけないって昔言われた。名作を作ろうとするとつまらないのしかできない。だから、「うーん」とか唸っていると、「名作主義してるんじゃない？」とかよく言われた。短期集中するとゾーンに入って変なものが出てくるじゃない？　その変なものが出てきたほうが面白いのは小説と同じ――

長嶋　ような気がする。そう思う。

川上　一時間ぐらい集中していると、五分ぐらいゾーンに入る。一日中漫然とやっていてもそうはならない。

あと、最近、ネットで三単語出てくるガチャがあるじゃない？　「ランダム単語ガチャ」っていうサイトなんだけど。私、あれけっこう使ってます。

長嶋　へー。

川上　題で作るのが大好きなので。

長嶋　自分を縛るために、三単語出してもらうのね。

川上　試しにやってみよう。「四天王」、「フラッシュバック」、「チャンネル」が出ているけど、引き直すと、「本」と「芋」と「少年漫画」が出た。

長嶋　面白いね。

川上　私、『澤』の投句は最近はほぼこれで作ってる。

長嶋　行儀の悪い言い方になるけど、俳句は十七音しかないから。今、ガチャで「しつけ糸」が出たけど、「しつけ糸」で五音埋まる。あと十二音考えればいいので、あとは連想。季語を入れて。

川上　その「しつけ糸」から出てくる、僅か数語がたぶん自分なんですよね。

まずは句会から始めよう

──『機嫌のいい犬』を読んで、俳句を始めてみたいと思った人は何から始めるといいでしょうか。

川上　句会をやってみればいいんじゃないかな。私たち、第七句会で、ほぼ全員素人みたいなメンバーで始めたけど、やってみたら本当に楽しかったんですよ。やりたい人が集まってやるか、または今やっている人たちの中に交ぜてもらってやってみるのもいいのでは。初心者には絶対に優しくしてくれますよ。

長嶋　また来てほしいからね（笑）。

川上　新しいメンバーが来ると面白いもんね。それだけで刺激になるし。

長嶋　うん。

川上　私はやってないですけど、Xで俳句を発表している人もいますよね。みんなうまいじゃない？　だけど、最初からうまかったんじゃなくて、他の人のを見て、「あ、こんなふうに作ればいいのか」みたいな感じでどんどんうまくなっていくんだと思う。

長嶋　そうだね。Xも句会と同じで「場」だから。

川上　最初の一、二回は分からなくても、どんどん分かってくるよね。

長嶋　今は間口が広まった。それこそ結社だって、そんな構えなくても歓迎してくれると思うしね。

川上　そうですね、今の結社は本当に伸び伸びした感じがあるし。

長嶋　だと思うな。『澤』だってそうでしょう。

川上　うん。

長嶋　「東京マッハ」の堀本さんのところ（結社『蒼海《そうかい》』）とかもすごく楽しそう。
川上　堀本さんも結社を作ったんだよね。
――句会は何人ぐらいでやるといいですか。
長嶋　五人欲しいな。三人だとちょっと少ない。三、四人だと誰の句かすぐに分かってしまって恥ずかしくなっちゃうんです。四捨五入句会って呼んでいて、五人だと十人に等しい、四人だとゼロに等しいって。
川上　あー、分かります。
長嶋　うん。五人いれば、もうけっこう分からないから。それは句会に人が集まらなかった頃に負け惜しみで言っていたんだけど（笑）。
川上　十人以上でやるのはまた大変。さばく人がいないと難しい。だから、「東京マッハ」はいつも五人、六人なんでしょう。あれ、すごくいい人数だと思う。
長嶋　適正な数かもしれない。六人は理想だけど、働いている人が六人集まるのはなかなか難しい。でも、ぜひやってください。
川上　うん。句会、楽しいです。

2024／5／31　神保町にて
構成／タカザワケンジ
撮影／露木聡子

本書は二〇一〇年九月、集英社より刊行されました。
文庫化にあたり、対談を追加収録しました。

対談初出
「すばる」二〇二四年一〇月号

本文デザイン／緒方修一
絵／福島金一郎

川上弘美の本

風花

のゆり、33歳。結婚7年目。夫に恋人がいた。離婚をほのめかされた。途方に暮れながらも、のゆりの生活は続いていく。季節が移ろうように変わっていく愛のかたちを描く傑作恋愛小説。

川上弘美の本

東京日記　1＋2

卵一個ぶんのお祝い。／ほかに踊りを知らない。

不思議におかしい、カワカミさんの日常生活記。「少なくとも、五分の四くらいは、ほんとうです」。文庫化にあたり単行本1巻と2巻を合本、門馬則雄氏のイラストもたっぷり収録しました。

川上弘美の本

東京日記 3+4

ナマズの幸運。／不良になりました。

突然できた花屋に肩入れして、後に引けなくなったり、「今、ニューヨークにいる」と電話をかけるひとに吉祥寺で遭遇したり……いろいろあった六年分をぎゅっと一冊にした文庫第2弾。

集英社文庫

集英社文庫　目録（日本文学）

加納朋子　レインレイン・ボウ
加納朋子　七人の敵がいる
加納朋子　我ら荒野の七重奏《セプテット》
壁井ユカコ　2.43　清陰高校男子バレー部①②
壁井ユカコ　2.43　清陰高校男子バレー部　代表決定戦編①②
壁井ユカコ　2.43　清陰高校男子バレー部　春高編①②
壁井ユカコ　空への助走　福蜂工業高校運動部
鎌田實　がんばらない
鎌田實／高橋卓志　生き方のコツ　死に方の選択
鎌田實　あきらめない
鎌田實　それでもやっぱりがんばらない
鎌田實　ちょい太でだいじょうぶ
鎌田實　本当の自分に出会う旅
鎌田實　なげださない
鎌田實　たった1つ変わればうまくいく　生き方のヒント幸せのコツ
鎌田實　いいかげんがいい
鎌田實　がんばらないけどあきらめない
鎌田實　空気なんか、読まない
鎌田實　人は一瞬で変われる
鎌田實　がまんしなくていい
神永学　イノセントブルー　記憶の旅人
神永学　浮雲心霊奇譚　赤眼《せきがん》の理《ことわり》
神永学　浮雲心霊奇譚　妖刀《ようとう》の理《ことわり》
神永学　浮雲心霊奇譚　菩薩《ぼさつ》の理《ことわり》
神永学　浮雲心霊奇譚　白蛇《はくじゃ》の理《ことわり》
神永学　浮雲心霊奇譚　呪術師《じゅじゅつし》の宴《うたげ》
神永学　浮雲心霊奇譚　血縁《けつえん》の理《ことわり》
神永学　火《か》車《しゃ》の残《ざん》花《か》　浮雲心霊奇譚
加門七海　うわさの神仏　日本闇世界めぐり
加門七海　うわさの神仏　其ノ二　あやし紀行
加門七海　うわさの神仏　其ノ三　江戸TOKYO陰陽百景
加門七海　うわさの人物　神霊と生きる人々
加門七海　怪のはなし
加門七海　猫怪々
加門七海　霊能動物館
香山リカ　NANA恋愛勝利学
香山リカ　言葉のチカラ
香山リカ　女は男をどう見抜くのか
川内有緒　空をゆく巨人
川上健一　宇宙のウインブルドン
川上健一　雨鱒の川
川上健一　ららのいた夏
川上健一　翼はいつまでも
川上健一　四月になれば彼女は
川上健一　渾身
川上弘美　風花
川上弘美　東京日記1＋2　卵一個ぶんのお祝い。／ほかに踊りを知らない。
川上弘美　東京日記3＋4　ナマズの幸運。／不良になりました。

集英社文庫　目録（日本文学）

集英社文庫　目録（日本文学）

集英社文庫 目録（日本文学）

集英社文庫　目録（日本文学）

京極夏彦　文庫版 虚言少年
京極夏彦　文庫版 書楼《しょろう》弔《とむらい》堂《どう》 破《は》曉《ぎょう》
京極夏彦　文庫版 書楼《しょろう》弔《とむらい》堂《どう》 炎《えん》昼《ちゅう》
清川妙　人生のお福分け
桐野夏生　リアルワールド
桐野夏生　I'm sorry, mama.
桐野夏生　I N
桐野夏生　バラカ(上)(下)
桐野夏生　燕は戻ってこない
久坂部羊　嗤う名医
久坂部羊　テロリストの処方
久坂部羊　怖い患者
櫛木理宇　赤と白
久住昌之　野武士、西へ　二年間の散歩
工藤直子　象のブランコ　——とうちゃんと
工藤律子　マラス　暴力に支配される少年たち

窪美澄　やめるときも、すこやかなるときも
久保寺健彦　ハロワ！
久保寺健彦　青少年のための小説入門
熊谷達也　ウエンカムイの爪
熊谷達也　漂泊の牙
熊谷達也　まほろばの疾風《かぜ》
熊谷達也　山背郷
熊谷達也　相剋の森
熊谷達也　荒《あら》蝦夷《えみし》
熊谷達也　モビィ・ドール
熊谷達也　氷結の森
熊谷達也　銀狼王
雲田康夫　豆腐バカ　世界に挑み続けた20年
倉本由布　ゆめ結び　むすめ髪結い夢暦
倉本由布　迷い子の櫛　むすめ髪結い夢暦
倉本由布　夢に会えたら　むすめ髪結い夢暦

栗田有起　ハミザベス
栗田有起　お縫い子テルミー
栗田有起　オテルモル
栗田有起　マルコの夢
黒岩重吾　黒岩重吾のどかんたれ人生塾
黒川祥子　誕生日を知らない女の子　虐待——その後の子どもたち
黒川祥子　心の除染　原発推進派の実験都市・福島県伊達市
黒川祥子　8050《はちまるごーまる》問題　中高年ひきこもり、七つの家族の再生物語
黒川博行　桃源
黒木あるじ　掃除屋《クリーナー》　プロレス始末伝
黒木あるじ　葬儀屋《アンダーテイカー》　プロレス刺客伝
黒木あるじ　小説　ノイズ【noise】
黒木あるじ　破壊屋《デストロイヤー》　プロレス仕舞伝
黒木瞳　母の言い訳
黒木亮　アパレル興亡(上)(下)
桑田真澄　挑む力　桑田真澄の生き方

集英社文庫

機嫌《きげん》のいい犬《いぬ》

2024年10月25日　第1刷　　定価はカバーに表示してあります。

著　者　川上弘美《かわかみひろみ》

発行者　樋口尚也

発行所　株式会社　集英社

東京都千代田区一ツ橋2-5-10　〒101-8050

電話　【編集部】03-3230-6095

【読者係】03-3230-6080

【販売部】03-3230-6393（書店専用）

印　刷　大日本印刷株式会社

製　本　大日本印刷株式会社

フォーマットデザイン　アリヤマデザインストア　　マークデザイン　居山浩二

ISBN978-4-08-744703-3 C0192